Les contes du potager

Complètement patate!

Claire Obscure

À Loulove

Le raton laveur

Catalogage avant publication de Bibliothèque et Archives Canada

Obscure, Claire

Complètement patate!

(Les contes du potager)
(Le raton laveur)
Pour enfants de 3 à 8 ans.

ISBN 2-89579-073-6

I. Titre. II. Collection: Obscure, Claire. Contes du potager. III. Collection: Raton laveur (Bayard (Firme)).

PS8579.B79C65 2006   jC843'.6   C2005-942183-9
PS9579.B79C65 2006

Nous reconnaissons l'aide financière du gouvernement du Canada par l'entremise du Programme d'aide
au développement de l'industrie de l'édition (PADIÉ) pour nos activités d'édition.

 Conseil des Arts   Canada Council
du Canada   for the Arts

Bayard Canada Livres Inc. remercie le Conseil des Arts du Canada du soutien accordé à son programme d'édition
dans le cadre du Programme des subventions globales aux éditeurs.
Cet ouvrage a été publié avec le soutien de la SODEC.
Gouvernement du Québec – Programme de crédit d'impôt pour l'édition de livres – Gestion SODEC.

ISBN-10 2-89579-073-6
ISBN-13 978-2-89579-073-0

Dépôt légal – 1er trimestre 2006
Bibliothèque nationale du Québec
Bibliothèque nationale du Canada

Direction : Paule Brière
Graphisme : Mathilde Hébert
Révision : Marie Théorêt

© Bayard Canada Livres inc., 2006
4475, rue Frontenac, Montréal (Québec), Canada H2H 2S2
Téléphone : (514) 844-2111 ou 1 866 844-2111
Télécopieur : (514) 278-3030
Courriel : edition@bayard-inc.com

Imprimé au Canada

Sur le site Internet :

www.ratonlaveur.ca

Fiches d'activités
pédagogiques
en lien avec tous les albums
des collections Le raton laveur
et Petit monde vivant

Fiches d'auteurs et
d'illustrateurs

Catalogue complet

Le gros Verdo et le petit Ali sont les meilleurs copains du potager.
Depuis qu'ils se sont rencontrés,
        ils ne se quittent plus d'une semelle.

Chaque jour, ils trouvent de nouveaux jeux,
        ils inventent des devinettes
    et des comptines.

— Les plus
jolies maisons
sont en colimaçon.

— On y dort
    à l'envers
en écoutant la mer.

Bien sûr, chacun a ses petits défauts.
Parfois, Verdo s'emporte un peu vite.

— Non mais, fais un peu attention,
tu m'écrases le pied !

— Désolé Verdo, mais quelle tempête !
Calme-toi, mon cher...

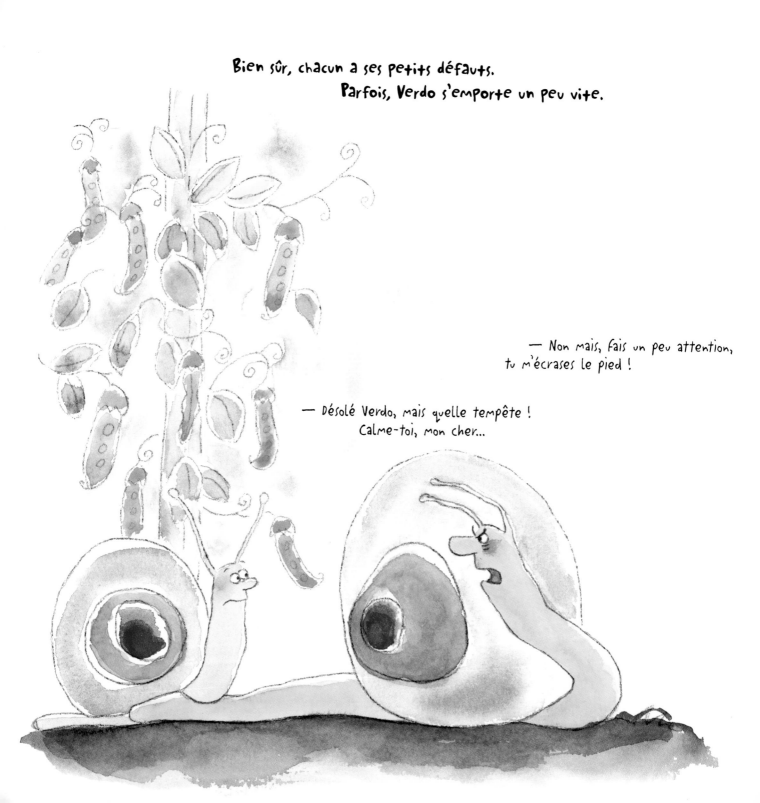

Et d'autres fois,
      c'est **Ali** qui boude pour un rien.

Mais ils se réconcilient toujours.

— Coucou!

— Coucou!

Ils ont tellement de choses en commun :
ils aiment les recoins humides, les gros cailloux,
les balades au bord de l'eau.

Ils raffolent tous les deux des fraises, de la laitue,
des pieds de céleri, des patates, des carottes...

Oups ! Non, ce n'est pas vrai. Verdo a une préférence marquée
pour les carottes tandis qu'Ali adore les patates.
C'est presque une passion pour lui.

— Oh ! La belle rouge !

D'ailleurs, c'est toujours à ce sujet qu'ils se querellent. En fait, Ali boude quand Verdo mange trop de carottes et Verdo insiste pour qu'Ali cesse d'avaler tant de patates.

— Tu deviens complètement patate, Ali !
Viens par ici, mange autre chose,
gros patachon !

— Tu parles, Môôôssieur Carotte
en personne ! Commence par changer
de menu toi-même, tu as vu
la couleur de ton teint !

— Ça suffit, les patates !
Trouve autre chose,
je t'ai dit.

À force d'entêtement, la situation s'envenime.

Chacun ne cherche qu'à changer l'autre.

Mais l'autre ne change pas, évidemment.

Alors arrive ce qui doit arriver...

— Adieu, vieille carotte.

— Adieu, grosse patate.

Les deux amis se séparent.
Verdo part vers l'est et Ali vers l'ouest.

On ne les voit plus ensemble.

Les jours passent et Verdo s'ennuie.
Tellement que même les plus belles carottes
le laissent indifférent.

Il pâlit à vue d'œil.

— Pffffffff !

Quant à Ali,
    il croit voir Verdo partout.

— C'est toi, Verdo ?

Mais Verdo n'y est plus.

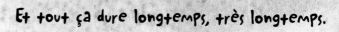

Et tout ça dure longtemps, très longtemps.

— On s'en fout, des patates !
Moi, j'aime Ali !

Jusqu'au jour où Verdo réalise à quel point Ali lui manque.
Qu'importe après tout
si son ami aime tant les patates ?

Le voici donc parti à sa recherche.

Il fouille minutieusement
tous les champs de patates.

Mais pas d'Ali ici.

Il fouille minutieusement
tous les jardins où poussent des patates.

Et enfin, c'est dans un tout petit minuscule jardin
contenant une seule minipatate de rien du tout
que Verdo retrouve son ami
en train de savourer...

— UNE CAROTTE ?!

— Ben quoi ?
Tout le monde
peut changer
d'idée...

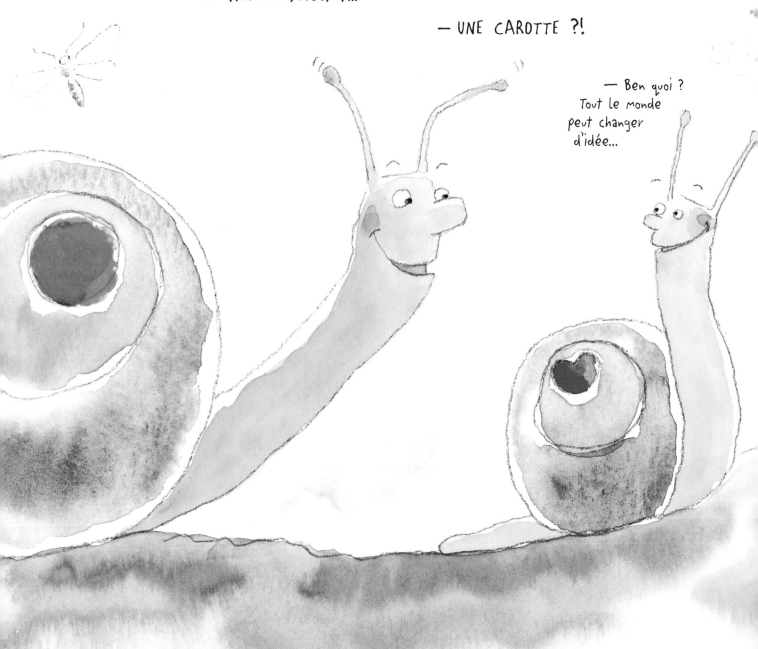

Fin